Regina Rennó e Célia Rennó

Eu no espelho

ilustrações de
Regina Rennó

Dados Internacionais de Catalogação na Publicação (CIP)
(Câmara Brasileira do Livro, SP, Brasil)

Rennó, Regina
　　Eu no espelho / Regina Rennó, Célia Rennó; ilustrações de Regina Rennó. – São Paulo: Editora do Brasil, 2010 – (Coleção ludo ludens jovem)

　　ISBN 978-85-10-04827-9

　　1. Literatura infantojuvenil I. Rennó, Célia. II. Título. III. Série.

10-02255　　　　　　　　　　　　　　　　CDD-028.5

Índices para catálogo sistemático:
1. Literatura infantojuvenil　　028.5
2. Literatura juvenil　　　　　　028.5

© Editora do Brasil S.A., 2010
Todos os direitos reservados

Texto © Regina Rennó e Célia Rennó
Ilustrações © Regina Rennó

Direção-geral
Vicente Tortamano Avanso
Direção adjunta
Maria Lucia Kerr Cavalcante de Queiroz

Direção editorial	Cibele Mendes Curto Santos
Edição	Felipe Ramos Poletti
Coordenação de artes e editoração	Ricardo Borges
Coordenação de revisão	Fernando Mauro S. Pires
Assistência editorial	Erika Alonso e Gilsandro Vieira Sales
Revisão	Camila G. Martins e Edson Nakashima
Diagramação	Janaína Lima
Controle de processos editoriais	Marta Dias Portero

1ª edição / 13ª impressão, 2024
Impresso na Forma Certa Gráfica Digital

Avenida das Nações Unidas, 12901
Torre Oeste, 20º andar
São Paulo, SP – CEP: 04578-910
Fone: + 55 11 3226-0211
www.editoradobrasil.com.br

Sara escondeu o rosto com as mãos. Seu desejo era sumir dali para bem longe, onde ninguém a visse assim, como ela se sentia, a mais feia das meninas da sua rua, da escola, do clube e de onde estivesse.

Os convidados, colegas do colégio, se apressaram para cantar os parabéns e provar o bolo de chocolate feito com tanto carinho pela tia Mônica, sua madrinha, que nunca deixou de lhe tecer um elogio.

Mas, de uns tempos para cá, elogiar Sara passou a despertar nela certa desconfiança de que não eram sinceras as palavras de quem as dizia. A mãe cansou-se de tentar convencê-la de que tudo não passava de cisma.

Ir ao colégio era a única coisa que fazia durante a semana e, quando não tinha aula, não atendia aos convites dos amigos. Sempre arranjava uma desculpa.

Roupa alguma ficava bem. A ideia de que tudo marcava as linhas exageradas de seu corpo ia crescendo a cada dia. Era comum vê-la de casaco de frio em dias quentes. Ninguém imaginava que, por trás disso, havia uma menina com muito medo de se expor. À noite, enchia o rosto de pomada mesmo que nenhuma espinha tivesse surgido.

O pai ria de tudo como se essas dificuldades fossem acabar em algum momento mágico.

Escolher o que vestir para a festa custou um bocado de discussões, choro e até palavras amargas. Na noite anterior, pensou em desistir da comemoração. Mas que desculpa daria aos convidados?

Nada que sua mãe propunha para vestir era a solução. Em cima da hora, com todos os amigos já eufóricos na porta, vestiu uma roupa qualquer, sem brilho, sem detalhe, como essas de um dia comum.

Frederico não foi convidado. Fernando também não. E todos os outros sabiam por quê. Os dois não perdiam a oportunidade de ridicularizá-la em público. Isso já era uma constante. Um dia a insultavam de baleia, às vezes, apontavam para o seu rosto e davam gargalhadas.

O que a deixava mais triste era que ninguém se apresentava para defendê-la. Pelo contrário, alguns poucos meninos riam como se isso tivesse alguma graça. As meninas trancavam as bocas.

 Sara não percebia que, quanto mais retraída e triste ficava, mais os insultos cresciam e os dois meninos se sentiam os protagonistas do espetáculo.

 Os pais de Sara não souberam de sua decisão de não chamar os dois colegas, pois ela jamais tocou no assunto em casa.

No dia seguinte, João Pedro, novato, chegou à turma, no seu primeiro dia. O céu parecia se mover de tanto nervosismo. Era difícil mudar de cidade e chegar a uma escola onde não conhecia ninguém. Quem lhe deu o primeiro sorriso e as boas-vindas foi Sara. E, em pouco tempo, os dois passaram a ser inseparáveis no colégio.

Ele era apaixonado por esporte e um dia convenceu os colegas a jogarem uma partida de handebol no intervalo da aula. Isso acabou virando regra. Tocava o sinal e as duas equipes corriam e se organizavam. Um dia, se misturavam, em outro, eram homens contra mulheres. Muitos deles foram tomando gosto pelo esporte e o colégio passou a liberar a quadra fora do período de aula para que pudessem treinar. João liderava a equipe e ensinava os truques que sabia.

    Havia um burburinho de que estava rolando um sentimento entre Sara e João. Os dois sempre faziam de tudo para ficar do mesmo lado no jogo e ela ainda o ajudava a compreender os exercícios de matemática, que ele dizia ter muita dificuldade. Aos poucos, ele foi percebendo que os números não eram um bicho de sete cabeças e isso o ajudou a conseguir bons pontos no bimestre.

    Sara passou a vestir-se bem, a cuidar dos cabelos, escolher o perfume mais delicado. O espelho já não conspirava contra ela como antes. Alguma coisa estava mudando dentro de sua visão de si.

    E João Pedro se sentia cada vez mais entrosado na turma e mais próximo de Sara.

Fernando, que jamais quis se juntar ao grupo, não por falta de convite, arriscou um comentário certa manhã:

– A feia namorando o cabeçudo.

João Pedro, num impulso, o agarrou pela gola da camisa e o jogou no chão. Imediatamente, todos vieram para separar a briga. Houve soco e pontapé até que os dois foram parar na diretoria.

Dona Margarida não quis saber de quem era a culpa. Mandou bilhete aos pais pedindo o comparecimento.

Eram 8 horas da manhã do dia seguinte. Os pais de João Pedro contaram o relato narrado pelo filho. E o pai de Fernando revidou afirmando ter certeza de que não tinha sido o filho quem havia começado a briga. Diante de tal situação, não restava alternativa a não ser a suspensão por uma semana.

João Pedro recebeu a notícia com muita revolta. Ele não suportava injustiça, mas admitiu que poderia ter reagido de outra maneira. Era só manter a cabeça fria. Agredir era falar a mesma linguagem de Fernando e ele não era a favor de nenhum tipo de violência. O colega nem se importou, pois achava bom ficar em casa assistindo à TV.

Na semana sem eles, o clima não foi o mesmo. Frederico, sem o amigo, não era tão corajoso como parecia. Não disse palavra alguma por todo o tempo na escola e andava cabisbaixo pelos corredores. Sara, pela primeira vez, comentou no intervalo com as colegas o que sentia quando era insultada por eles. Surpreendeu-se quando Camila confessou ter medo de enfrentá-los porque eles poderiam chamá-la de um apelido de que ela não iria gostar. Glenda também disse temer a mesma coisa. Paulo contou que foi ultrajado por eles logo que entrou para essa sala e fingiu não se importar, mas confessou ter se sentido muito humilhado. Por sorte não mexeram mais com ele.

Sara já não estava mais só. Vieram outras amigas e até amigos para compartilhar de sua dor.

Para Sara, poder falar de seu sofrimento já era um grande alívio, e também era preciso ter bastante confiança em si própria para não mais se deixar abater.

Na volta da punição, João Pedro foi sentar-se bem longe de Fernando, pois achava que mantendo distância não seria importunado. Fernando chegou batendo os ombros e chamando Frederico para um trato. O tom de sua fala era de quem iria revidar.

Não deu outra. No intervalo, no corredor, um grande tumulto. João Pedro atirado no chão e Fernando dando ordens a Frederico para bater mais.

Alguns meninos gritaram por socorro, outros correram pelo pátio à procura de ajuda.

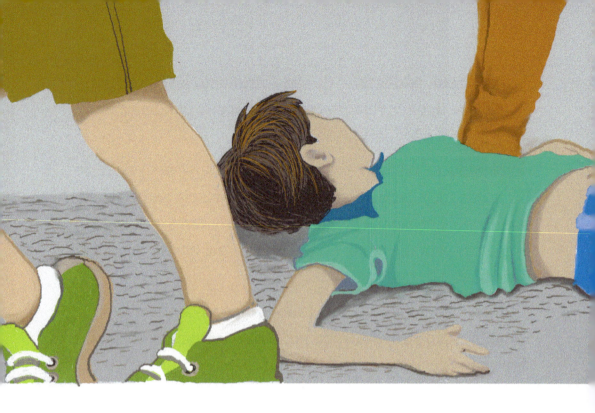

Com a chegada de alguns professores, Fernando saiu em disparada e Frederico foi pego em flagrante ao lado de João Pedro, que gritava de dor. A diretora e um professor o levaram ao pronto-socorro, onde o garoto recebeu os cuidados médicos e um gesso no braço esquerdo. Seus pais foram avisados e, muito tristes, correram ao seu encontro.

Os colegas foram solidários a João e, em massa, se dirigiram à coordenação para pedir que providências fossem tomadas.

Sara não escondia a tristeza ao se lembrar do amigo machucado.

Na manhã seguinte, Fernando e Frederico já não compareceram à aula.

Foram convidados a deixar a escola, pois há muito já se tinha queixas de outros alunos, pais e professores, sobre o comportamento dos dois.

A chegada de João foi uma festa. Os colegas fizeram fila para assinar o gesso.

Sara e ele continuaram a ser inseparáveis e a turma do handebol ficou tão afiada que passou a disputar os torneios entre as escolas da cidade.

AME-SE E RESPEITE-SE!

As atividades a seguir não têm como objetivo invadir a sua privacidade, mas sim propiciar a você um espaço para pensar e expor o seu olhar sobre os conflitos do seu cotidiano, descobertas, sentimentos, expectativas em relação a seu grupo de convivência etc.

É muito importante ser sincero(a) nas suas respostas para que esse material possa servir de instrumento de reflexão acerca de si mesmo.

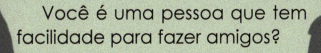

Você é uma pessoa que tem facilidade para fazer amigos?

❖ Sim ( )

❖ Não ( )

❖ Mais ou menos ( )

Quem procura mais? Você os seus amigos ou seus amigos procuram mais você?

_____

_____

Ao chegar a um lugar pela primeira vez, você se porta como?

❖ Sente-se inibido (a) ( )

❖ Procura fazer contato ( )

❖ Espera ser abordado (a) ( )

Você já viveu a experiência de entrar para uma classe em que não conhecia ninguém?

❖ Sim ( )   ❖ Não ( )

Se viveu, como foi sua reação?
_____
_____
_____

Olhe-se no espelho e depois para dentro de si. Como você se vê?

🔍 Bonito(a) ( )

🔍 Magro(a) ( )

🔍 Alto(a) ( )

🔍 Gordo(a) ( )

🔍 Simpático(a) ( )

🔍 Feio(a) ( )

🔍 Baixo(a) ( )

🔍 Esquisito(a) ( )

Pare pra pensar: você é como se vê ou como crê que os outros o veem?

_____

_____

_____

_____

_____

_____

_____

_____

_____

Se você se sente bonito(a) e alguém te chama de feio(a), você muda sua opinião a respeito de si mesmo(a)?

Sim ( )   Não ( )

Se acontecer o contrário: você se sente feio(a) e alguém te chama de bonito(a), como fica sua opinião sobre si mesmo(a)?

_____

_____

_____

_____

Se uma pessoa é eleita num concurso de beleza na sua escola, mas você não a acha tão bonita assim, o que as pessoas pensam influencia a sua opinião?

Sim ( )   Não ( )

Quanto a essa pessoa considerada a mais bonita pelos outros: será que ela se sente assim? Você acha que pessoas consideradas bonitas são mais bem-sucedidas no que fazem? Justifique sua resposta.

_____

_____

_____

_____

_____

O que é ser bonito e ser feio pra você?

_____

_____

_____

_____

_____

_____

_____

_____

_____

Você conhece alguém que você acha magra(o), mas a própria pessoa se considera gorda(o)? Na sua opinião, por que isso acontece?

_____

_____

_____

_____

_____

_____

_____

_____

Você já foi ridicularizado(a) por alguém?

? Sim ( )   **?** Não ( )

Se foi, como se sentiu?

_____
_____
_____
_____
_____
_____

Alguém se apresentou para defendê-lo(a)?

? Sim ( )   **?** Não ( )

Em sua opinião, por que uma pessoa gosta de ridicularizar os outros?

_____
_____
_____
_____
_____
_____
_____
_____

Você acha que esse agressor sente-se feliz ao insultar o outro?

◇ Sim ( )　　　◇ Não ( )

E você, já *zoou* alguém? Como foi e por quê?

_____

_____

_____

_____

_____

_____

_____

_____

Se um colega seu sofrer algum tipo de violência moral na sua frente, como você se portará?

◇ Tentará ajudar, interferindo na situação ( )

◇ Fingirá não perceber porque não lhe diz respeito ( )

◇ Não se envolverá por medo de sobrar pra você ( )

O poder do agressor é, muitas vezes, uma armadura para esconder seus próprios medos e fraquezas.

Há casos em que uma pessoa torna-se violenta porque não encontra em sua família amparo, respeito e carinho.

Há também desvios de comportamento por causas variadas.

Problemas de saúde mental também podem fazer uma pessoa comportar-se como um agressor. Mas nada pode justificar a grosseria ou qualquer atitude violenta, seja moral ou física.

Você concorda com isso ou pensa diferente sobre o assunto? Escreva abaixo sua opinião.

_____
_____
_____
_____
_____
_____

E se você fosse vítima de insultos? O que faria?

✳ Avisaria aos professores ou aos seus pais ( )

✳ Revidaria com insultos ( )

✳ Pediria ajuda aos colegas e amigos ( )

✳ Não daria ouvidos por não se importar ( )

✳ Partiria para a briga ( )

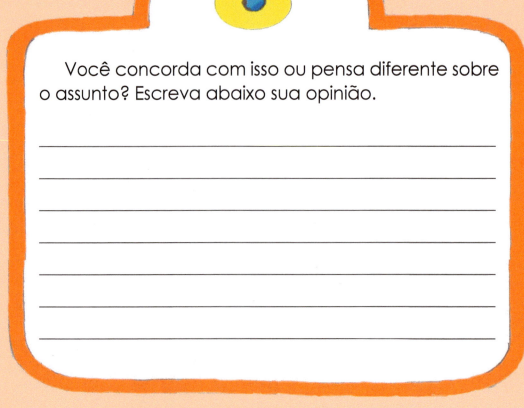

Se tiver alguma atitude diferente das citadas, escreva abaixo.

_____

_____

_____

_____

_____

_____

_____

_____

_____

_____

Para você, o que significa ter baixa autoestima?

🙁 Estar satisfeito(a) consigo mesmo (   )

🙁 Sentir-se melhor que os outros (   )

🙂 Ser inseguro(a) (   )

🙁 Não gostar da sua imagem no espelho (   )

🙁 Não se aceitar como é (   )

🙂 Não acreditar que merece ser amado(a) (   )

🙁 Sempre confiar em si (   )

Você se considera uma pessoa com boa autoestima?

Sim ( )   Não ( )

Escreva por quê.
_____
_____
_____
_____
_____
_____

O que você considera ser uma pessoa com boa autoestima?

_____
_____
_____
_____
_____
_____

Assinale o que você acredita que pode ajudar uma pessoa a elevar sua autoestima.

- Procurar fazer algo que dê satisfação ( )
- Andar apenas com quem se considera menos importante ( )
- Dar valor aos próprios sentimentos ( )
- Não valorizar as características pessoais ( )
- Acreditar mais na percepção dos outros ( )
- Acreditar que merece ser respeitado(a) e amado(a) ( )
- Julgar-se capaz de se relacionar bem com os outros ( )
- Acreditar que todas as pessoas têm qualidades e defeitos ( )

Assinale as atitudes que você considera serem parte da autoconfiança.

Ter segurança no que faz (   )

Ser mais capaz que os outros (   )

Ser capaz de enfrentar dificuldades (   )

Ser criativo(a) (   )

Saber tomar decisões (   )

Escreva o que você pensa sobre a postura de uma pessoa autoconfiante.

_____
_____
_____
_____
_____
_____
_____
_____
_____
_____

Você é autoconfiante?

Sim ( )   Não ( )

Por quê?

_____
_____
_____
_____
_____
_____
_____

Para você, uma pessoa humilde é:

Fraca ( )

Submissa ( )

Capaz de assumir seus erros ( )

Aquela que não luta pelas suas coisas ( )

Modesta ( )

Responsável em relação às suas obrigações ( )

Aquela que não tem dinheiro ( )

Se você tem outra opinião a respeito de humildade, escreva abaixo.

_____
_____
_____
_____
_____
_____
_____
_____

Você já se sentiu humilhado(a) por alguém?

○ Sim ( )   ○ Não ( )

Você tem medo de ser alvo de violência?

○ Sim ( )   ○ Não ( )

Você já presenciou um ato de violência física?

○ Sim ( )   ○ Não ( )

● Se já presenciou, como se sentiu?

_____
_____
_____
_____
_____
_____
_____
_____
_____
_____
_____
_____
_____
_____
_____
_____
_____
_____

Se você visse uma pessoa sendo agredida fisicamente, o que você faria?

▶ Pediria socorro a quem estivesse próximo ( )

▶ Ligaria para os números de emergência e avisaria o que está acontecendo e onde ( )

▶ Sairia de perto para não se envolver ( )

▶ Assistiria como se fosse um espetáculo ( )

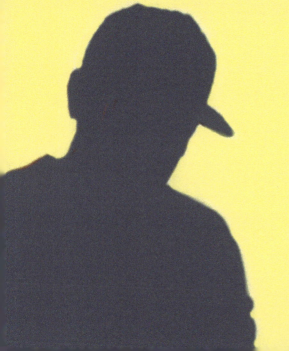

Como gostaria que as pessoas agissem se você fosse a pessoa agredida?

_____

_____

_____

_____

_____

_____

_____

O que você pensa sobre alguém que usa força física para resolver suas diferenças?

_____

_____

_____

_____

_____

_____

_____

Você já viu alguma vez um grupo de pessoas ser intolerante com outro grupo que pensa e age de maneira diferente?

⭐ Sim ( )   ⭐ Não ( )

Você já vivenciou essa intolerância? Se sim, escreva como foi.

_____
_____
_____
_____
_____
_____
_____

Você já foi vítima de preconceito? Se foi, escreva sobre sua experiência.

_____

_____

_____

_____

_____

_____

_____

Você já foi intolerante com aqueles diferentes de você?

⭐ Sim (   )   ⭐ Não (   )

O que você pensa a respeito do preconceito?

_____

_____

_____

_____

_____

_____

_____

_____

Como você agiria se visse algum amigo ou amiga sendo rejeitado(a) por preconceito?

_____

_____

_____

_____

_____

Você conhece as leis que protegem as pessoas contra o preconceito, a discriminação e a intolerância?

✳ Sim ( )   ✳ Não ( )

Se não conhece, faça uma pesquisa sobre o assunto e registre-a em uma folha à parte.

No caso da agressão a João Pedro, o que você faria se presenciasse a cena?

_____

_____

_____

_____

_____

_____

Se os agressores fossem seus amigos, você agiria de que maneira?

* Reprovaria a atitude deles ( )

* Não se manifestaria para não comprometer a amizade ( )

* Acobertaria porque são seus amigos ( )

* Denunciaria ( )

Todos nós temos o direito de ser respeitados pelo que somos, pensamos e fazemos. Uma das mais preciosas virtudes de uma pessoa é saber respeitar diferenças individuais, como etnia, condição social e econômica, escolhas ou heranças religiosas e espirituais, gosto musical, estilo, sexualidade, enfim, tudo o que nos faz proprietários de nossa individualidade.

As autoras

Regina Rennó é artista plástica, autora e ilustradora de literatura infantojuvenil. Desde o primeiro trabalho solo, em 1987, Regina publicou dezenas de títulos, muitos dos quais premiados pela Fundação Nacional do Livro Infantil e Juvenil (FNLIJ). Como ilustradora, teve seu trabalho no livro *Como se fosse gente*, de Alaíde Lisboa, premiado com o Les Octogones, da França, em 1990. Regina participou de inúmeras exposições nacionais e internacionais de ilustração. Sentindo necessidade de dar movimento aos seus personagens, enveredou-se pelo cinema e trabalha como roteirista e diretora.

Célia Rennó é jornalista, formada pela Universidade Federal de Juiz de Fora, em 1990. Desde esse tempo, trabalhou em rádio, na cidade de Campinas, como repórter da sucursal da *Folha de S. Paulo* e das revistas *Mix* e *Revide*, em Ribeirão Preto. Em Itajubá, onde mora, mantém um programa de rádio de entrevistas e trabalha com adolescentes em uma escola, no projeto Criando Focas, em referência aos iniciantes em jornalismo. Depois de 17 anos de carreira em jornalismo, Célia Rennó decidiu enveredar por um outro caminho, o da Psicologia. E, hoje, é aluna do curso. Como jornalista, sempre preferiu os temas ligados ao comportamento humano. Como psicóloga, irá se aprofundar nessa seara para explicar e descrever como as pessoas se comportam.